Weihnachten · Gedichte

Weihnachten
Gedichte

Ausgewählt von Stephan Koranyi

Reclam

RECLAMS UNIVERSAL-BIBLIOTHEK Nr. 14601
2003, 2011, 2024 Philipp Reclam jun. Verlag GmbH
Siemensstraße 32, 71254 Ditzingen
info@reclam.de
Umschlaggestaltung: Philipp Reclam jun. Verlag GmbH
Umschlagabbildung: akg-images / Fototeca Gilardi
Druck und Bindung: Druckerei C.H.Beck,
Bergerstraße 3–5, 86720 Nördlingen
Printed in Germany 2025
RECLAM, UNIVERSAL-BIBLIOTHEK und
RECLAMS UNIVERSAL-BIBLIOTHEK sind eingetragene Marken
der Philipp Reclam jun. GmbH & Co. KG, Stuttgart
ISBN 978-3-15-014601-9
reclam.de

FSC
www.fsc.org
MIX
Papier | Fördert gute Waldnutzung
FSC® C019821

Inhalt

Wann fängt Weihnachten an?

Gen Bethlehem gehn

Weihnachtswunsch

Ein goldner Kindertraum

Alles sieht so festlich aus

Wann fängt Weihnachten an?

THEODOR FONTANE

Noch ist Herbst nicht ganz entflohn

Noch ist Herbst nicht ganz entflohn,
Aber als Knecht Ruprecht schon
Kommt der Winter hergeschritten,
Und alsbald aus Schnee'es Mitten
Klingt des Schlittenglöckleins Ton.

Und was jüngst noch, fern und nah,
Bunt auf uns herniedersah,
Weiß sind Türme, Dächer, Zweige,
Und das Jahr geht auf die Neige,
Und das schönste Fest ist da.

Tag du der Geburt des Herrn,
Heute bist du uns noch fern,
Aber Tannen, Engel, Fahnen
Lassen uns den Tag schon ahnen,
Und wir sehen schon den Stern.

FRED ENDRIKAT

Der Wald schläft

Friedlich schläft der Winterwald.
Raureif glitzert auf den Fichten.
Märchen werden zur Gestalt,
und es leben Spukgeschichten.

Ruprecht steigt herab ins Tal.
Unter tiefverschneiten Tännchen
stapft der alte Rübezahl,
trippeln kleine Wichtelmännchen.

Brombeerstrauch und Seidelbast
schlummern an der Haselhecke.
Eichkatz träumt auf einem Ast
unter weißer Daunendecke.

Buchen ragen stark und alt
aus dem Schnee wie Patriarchen.
Friedlich schläft der Winterwald,
und man hört die Bäume schnarchen.

NOVALIS

Fern in Osten wird es helle,
Graue Zeiten werden jung;
Aus der lichten Farbenquelle,
Einen langen tiefen Trunk!
Alter Sehnsucht heilige Gewährung,
Süße Lieb' in göttlicher Verklärung.

Endlich kommt zur Erde nieder
Aller Himmel sel'ges Kind,
Schaffend im Gesang weht wieder
Um die Erde Lebenswind,
Weht zu neuen ewig lichten Flammen
Längst verstiebte Funken hier zusammen.

Überall entspringt aus Grüften
Neues Leben, neues Blut,
Ew'gen Frieden uns zu stiften,
Taucht er in die Lebensflut;
Steht mit vollen Händen in der Mitte
Liebevoll gewärtig jeder Bitte.

Lasse seine milden Blicke
Tief in deine Seele gehn,
Und von seinem ewgen Glücke
Sollst du dich ergriffen sehn.
Alle Herzen, Geister und die Sinnen
Werden einen neuen Tanz beginnen.

Greife dreist nach seinen Händen,
Präge dir sein Antlitz ein,
Musst dich immer nach ihm wenden,
Blüte nach dem Sonnenschein;
Wirst du nur das ganze Herz ihm zeigen,
Bleibt er wie ein treues Weib dir eigen.

Unser ist sie nun geworden,
Gottheit, die uns oft erschreckt,
Hat im Süden und im Norden
Himmelskeime rasch geweckt,
Und so lasst im vollen Gottesgarten
Treu uns jede Knosp' und Blüte warten.

RAINER MARIA RILKE

Advent

Es treibt der Wind im Winterwalde
die Flockenherde wie ein Hirt,
und manche Tanne ahnt, wie balde
sie fromm und lichterheilig wird;
und lauscht hinaus. Den weißen Wegen
streckt sie die Zweige hin – bereit,
und wehrt dem Wind und wächst entgegen
der einen Nacht der Herrlichkeit.

JOSEF GUGGENMOS

Am 4. Dezember

Geh in den Garten
am Barbaratag.
Gehe zum kahlen
Kirschbaum und sag:

Kurz ist der Tag,
grau ist die Zeit.
Der Winter beginnt,
der Frühling ist weit.

Doch in drei Wochen,
da wird es geschehn:
Wir feiern ein Fest,
wie der Frühling so schön.

Baum, einen Zweig
gib du mir von dir.
Ist er auch kahl,
ich nehm ihn mit mir.

Und er wird blühen
in seliger Pracht
mitten im Winter
in der heiligen Nacht.

CHRISTIAN MORGENSTERN

Winternacht

Es war einmal eine Glocke,
die machte baum, baum …
Und es war einmal eine Flocke,
die fiel dazu wie im Traum …

Die fiel dazu wie im Traum …
Die sank so leis hernieder,
wie ein Stück Engleingefieder
aus dem silbernen Sternenraum.

Es war einmal eine Glocke,
die machte baum, baum …
Und dazu fiel eine Flocke,
so leis als wie ein Traum …

So leis als wie ein Traum …
Und als vieltausend gefallen leis,
da war die ganze Erde weiß,
als wie von Engleinflaum.

Da war die ganze Erde weiß,
als wie von Engleinflaum.

CHRISTINE BUSTA

Der Stern

Nachts erwachen und mit herrlichem Erschrecken
hell im Fenster einen Stern entdecken,
und um ihn die sichre Angst verlassen,
wie Kolumbus nach dem Steuer fassen,
und gehorsam wie aus Morgenland die Weisen
durch die Wüste in die Armut reisen,
und im Stern des Engels Antlitz schauen:
wie ein Hirt zu Bethlehem vertrauen.

JOCHEN ARLT

Vierter Advent

Froststarre
Hauchwölkchen

Spaziergang im weiß bereiften
Phlegma der Feldwege

Hasenspuren

Auf dem Rückweg
riechts Unter- und Oberdorf
wie eine Weihnachtsbäckerei
Kindliche Vorfreude
Beinahe-Unschuld

Als gäbe es
momentan
nichts anderes
auf der Welt

ROLF KRENZER

Wann fängt Weihnachten an?

Wenn der Schwache
dem Starken die Schwäche vergibt,
wenn der Starke
die Kräfte des Schwachen liebt,
wenn der Habewas
mit dem Habenichts teilt,
wenn der Laute
bei dem Stummen verweilt
und begreift,
was der Stumme ihm sagen will,
wenn das Leise laut wird
und das Laute still,
wenn das Bedeutungsvolle
bedeutungslos,
das scheinbar Unwichtige
wichtig und groß,
wenn mitten im Dunkel
ein winziges Licht
Geborgenheit, helles Leben verspricht,
und du zögerst nicht,
sondern gehst darauf zu,
dann,
ja, dann fängt Weihnachten an.

HEINRICH DETERING

Advent

nun komm mach schnell
die Tür mach weit
es wird schon hell
es wird bald Zeit

es geht der Wind

und wo wir sind
sind Türen
nun komm schon Kind
wir frieren.

RUDOLF OTTO WIEMER

Advent

Holt den Sohn vom Bahnhof ab.
Er kommt.
Man weiß nicht genau, mit welchem Zug,
aber die Ankunft
ist gemeldet.
Es wäre gut, wenn jemand
dort auf und ab ginge.
Sonst verpassen wir ihn.
Denn er kommt
nur einmal.

Gen Bethlehem gehn

ALBRECHT GOES

Die Stimmen der Anbetung

Wir suchen dich nicht.
Wir finden dich nicht.
Du suchst und Du findest uns,
Ewiges Licht

Wir lieben Dich wenig,
Wir dienen Dir schlecht,
Du liebst und Du dienst uns,
Ewiger Knecht.

Wir eifern im Unsern
Am selbstischen Ort,
Du mußt um uns eifern,
Ewiges Wort.

Wir können Dich, Kind
In der Krippe, nicht fassen.
Wir können die Botschaft nur
Wahr sein lassen.

EDUARD MÖRIKE

Die heilige Nacht

Gesegnet sei die heilige Nacht,
Die uns das Licht der Welt gebracht! –

Wohl unterm lieben Himmelszelt
Die Hirten lagen auf dem Feld.

Ein Engel Gottes, licht und klar,
Mit seinem Gruß tritt auf sie dar.

Vor Angst sie decken ihr Angesicht,
Da spricht der Engel: »Fürcht't euch nicht!

Ich verkünd euch große Freud:
Der Heiland ist euch geboren heut.«

Da gehn die Hirten hin in Eil,
Zu schaun mit Augen das ewig Heil;

Zu singen dem süßen Gast Willkomm,
Zu bringen ihm ein Lämmlein fromm. –

Bald kommen auch gezogen fern
Die heilgen drei König' mit ihrem Stern.

Sie knien vor dem Kindlein hold,
Schenken ihm Myrrhen, Weihrauch, Gold.

Vom Himmel hoch der Engel Heer
Frohlocket: »Gott in der Höh sei Ehr!«

FRIEDRICH SPEE

Ein kurtzes Poëtisch Christgesang, vom Ochs, vnd Eselein bey der Krippen

1.

Der Wind auff Lären Strassen
  Streckt auß die Flügel sein:
Streicht hinn gar scharpff ohn maassen,
  Zur Bethlems Krippen ein.
Er brummlet hin, vnd wider
  Der Fliegend WinterBott,
Greifft an die Gleich, vnd Glider
  Dem frisch Vermenschten Gott.

2.

Ach, ach, laß ab von brausen,
  Laß ab, du schnöder Wind:
Laß ab von kaltem sausen,
  Vnd schön dem schönen Kind.
Vilmehr du deine Schwingen
  Zerschlag im wilden Meer,
Aldà dich satt magst ringen,
  Kehr nur nitt wider her.

3.

Mitt dir nun muß ich kosen,
Mitt dir, o Joseph mein,
Das Futter misch mitt Rosen
Dem Ochs, vnd Eselein.
Mach deinen frommen Thieren
So lieblichs mischgemüß,
Bald, bald, ohn zeit verlieren,
Mach ihnn den Athem süß.

4.

Drauff blaset her, ihr beyden,
Mit süssem Rosen Wind;
Ochs, Esel wol bescheiden,
Vnd warmets nacket Kind.
Ach blaset her, vnd hauchet,
Aha, aha, aha.
Fort, fort, euch waidlich brauchet
Ahà, ahà, ahà.

GEORG BRITTING

Könige und Hirten

Im finstern Stall,
Auf Stroh, das welk,
Unterm Wagen
Schläft das Kind.

Stimmen singen im Gebälk
Mit süßem Schall.
So süßen Schall singt nicht der Wind.
Kühe mit den
Schwänzen schlagen,
Muhen brusttief lind.

Eilig reiten,
Lang schon ritten,
Feine Leute,
Ungeduldig, heilig zornig,
Mit Gesinde
Hinter sich und
Goldbehängten
Sattels, silberspornig,
Im gedrängten
Truppe zu dem Kind.

Hirten gingen
Nicht von ihrem Platze vorn
Beim bleichen Klingen
Von dem Silbersporn.

Und die Feinen
Leiden es,
Daß die Gemeinen
Schulterbreit vor ihnen sind.

Heben sich nur auf den Zehen,
Sagen ein Bescheidenes,
Daß ihre Gastgeschenke gehen
Still von Hand zu Hand nach vorn,
Zu dem Kind,
Das sie nicht sehen.

So die dunklen Hirten hoben
Königsgold und fremd Gewürz,
Gelber Schalen Lichtgestürz
Vor den weißen Schläfer hin.

Einstimmig loben
Ritter und
Gesind
Und Hirtenmund
Das Kind.

Süß singts mit vom Balken oben.

GÜNTER KUNERT

Weihnacht

In allen Häusern ist schon Licht.
Hingegen in den Hauptessachen: Dunkelheit.
Unhörbar, was die Nacht verspricht
an kurzer Freude und an langem Leid.

Was hier als Zeichen in der Wiege ruht,
Jahrhundert um Jahrhundert fromm verehrt:
Ein bißchen Fleisch und Bein und Blut
ist allemal auch uns beschert.

Doch alles Feiern gilt dem einen Kind,
das später einmal unter Foltern stirbt.
Trotz allem Licht: Wir bleiben blind:
Auf daß uns nichts den Appetit verdirbt.

KURT MARTI

weihnacht

damals

als gott
im schrei der geburt
die gottesbilder zerschlug

und

zwischen marias schenkeln
runzelig rot
das kind lag

JOHANNES BOBROWSKI

Weihnachtsgetier

Ich hab eine Wut, sagt der Hahn,
ich will mein Idyll.
Lieber, sag ich, dann rett deinen Kamm
jetzt federn die Hühner.
Ach, ich sing nur, sagt er,
und ich in der Dämmerung früh
geh um das Haus, um den Wald
der Dachs
zieht seine Torkelspur.

Und kein Schnee.
Nur die Eule
mit Katzenlauten. Die Fichten
feucht. Auf den Nebeln
zittert das Licht.

Stroh
werden wir streun. Die Stille
sammeln unter das Dach,
einmal die Fenster
öffnen für einen Kerzentanz,
Ochs und Esel beschenken,
wir kennen da eine Geschichte,
die ist wie wir – eine große
Finsternis unter den Himmeln,
darin die Winter fahren
mit Flügeln rot, umglänzt
von silbernen Stimmen.

ERICH FRIED

Haus des Brotes

Der Stern über dem Haus
aber das Dach ist zerfallen

zerfressen
von den Strahlen des Sternes

oder zerbrochen
als man den Stern hinaufschoß

oder spröde geworden
von der Kälte der Nacht

und zersprungen
mit dem Knacken von Knochen

Beth-lehem: (hebr.) Haus des Brotes.

KLABUND

Weihnacht

Ich bin der Tischler Josef,
Meine Frau, die heißet Marie.
Wir finden kein' Arbeit und Herberg'
Im kalten Winter allhie.

Habens der Herr Wirt vom goldnen Stern
Nicht ein Unterkunft für mein Weib?
Einen halbeten Kreuzer zahlert ich gern,
Zu betten den schwangren Leib. –

Ich hab kein Bett für Bettelleut;
Doch scherts euch nur in den Stall.
Gevatter Ochs und Base Kuh
Werden empfangen euch wohl. –

Wir danken dem Herrn Wirt für seine Gnad
Und für die warme Stub.
Der Himmel lohns euch und unser Kind,
seis Madel oder Bub.

Marie, Marie, was schreist du so sehr? –
Ach Josef, es sein die Wehn.
Bald wirst du den elfenbeinernen Turm,
Das süßeste Wunder sehn. –

Der Josef Hebamme und Bader war
Und hob den lieben Sohn
Aus seiner Mutter dunklem Reich
Auf seinen strohernen Thron.

Da lag er im Stroh. Die Mutter so froh
Sagt Vater Unserm den Dank.
Und Ochs und Esel und Pferd und Hund
Standen fromm dabei.

Aber die Katze sprang auf die Streu
Und wärmte zur Nacht das Kind. –
Davon die Katzen noch heutigen Tags
Maria die liebsten Tiere sind.

PAUL KONRAD KURZ

Wie er auf die Welt kommt

Gott
sagt Bruder Michael
schreibt sein *ich*
klein
Sehen Sie
wie er auf die Welt
kommt

HERMANN HESSE

Der Heiland

Immer wieder wird er Mensch geboren,
Spricht zu frommen, spricht zu tauben Ohren,
Kommt uns nah und geht uns neu verloren.

Immer wieder muß er einsam ragen,
Aller Brüder Not und Sehnsucht tragen,
Immer wird er neu ans Kreuz geschlagen.

Immer wieder will sich Gott verkünden,
Will das Himmlische ins Tal der Sünden,
Will ins Fleisch der Geist, der ewige, münden.

Immer wieder, auch in diesen Tagen,
Ist der Heiland unterwegs, zu segnen,
Unsern Ängsten, Tränen, Fragen, Klagen
Mit dem stillen Blicke zu begegnen,
Den wir doch nicht zu erwidern wagen,
Weil nur Kinderaugen ihn ertragen.

HEINRICH HEINE

Die Heilgen Drei Könige aus Morgenland,
Sie frugen in jedem Städtchen:
Wo geht der Weg nach Bethlehem,
Ihr lieben Buben und Mädchen?

Die Jungen und Alten, sie wussten es nicht,
Die Könige zogen weiter;
Sie folgten einem goldenen Stern,
Der leuchtete lieblich und heiter.

Der Stern blieb stehn über Josephs Haus,
Da sind sie hineingegangen;
Das Öchslein brüllte, das Kindlein schrie,
Die Heilgen Drei Könige sangen.

JOHANN WOLFGANG GOETHE

Epiphaniasfest

Die heilgen drei König' mit ihrem Stern,
Sie essen, sie trinken, und bezahlen nicht gern;
Sie essen gern, sie trinken gern,
Sie essen, trinken, und bezahlen nicht gern.

Die heilgen drei König' sind kommen allhier,
Es sind ihrer drei und sind nicht ihrer vier;
Und wenn zu dreien der vierte wär,
So wär ein heilger drei König mehr.

Ich erster bin der weiß' und auch der schön',
Bei Tage solltet ihr erst mich sehn!
Doch ach, mit allen Spezerein
Werd ich sein Tag kein Mädchen mir erfrein.

Ich aber bin der braun' und bin der lang',
Bekannt bei Weibern wohl und bei Gesang.
Ich bringe Gold statt Spezerein,
Da werd ich überall willkommen sein.

Ich endlich bin der schwarz' und bin der klein'
Und mag auch wohl einmal recht lustig sein.
Ich esse gern, ich trinke gern,
Ich esse, trinke und bedanke mich gern.

Die heilgen drei König' sind wohlgesinnt,
Sie suchen die Mutter und das Kind;
Der Joseph fromm sitzt auch dabei,
Der Ochs und Esel liegen auf der Streu.

Wir bringen Myrrhen, wir bringen Gold,
Dem Weihrauch sind die Damen hold;
Und haben wir Wein von gutem Gewächs,
So trinken wir drei so gut als ihrer sechs.

Da wir nun hier schöne Herrn und Fraun,
Aber keine Ochsen und Esel schaun,
So sind wir nicht am rechten Ort
Und ziehen unseres Weges weiter fort.

FRANZ HOHLER

Weihnachten – wie es wirklich war

War es so?
Maria kam gelaufen
Josef kam geritten
Das Jesuskindlein war glücklich
Der Ochse erglänzte
Der Esel jubelte
Der Stern schnaufte
Die himmlischen Heerscharen lagen in der Krippe
Die Hirten wackelten mit den Ohren
Die Heiligen Drei Könige beteten
Alle standen daneben

Oder so?
Maria lag in der Krippe
Josef erglänzte
Der Ochse war glücklich
Der Esel stand daneben
Der Stern jubelte
Die himmlischen Heerscharen kamen geritten
Die Hirten schnauften
Die Heiligen Drei Könige wackelten mit den Ohren
Alle beteten

Oder so?
Maria schnaufte
Josef betete
Das Jesuskindlein stand daneben
Der Ochse kam gelaufen
Der Esel kam geritten
Der Stern lag in der Krippe
Die himmlischen Heerscharen wackelten mit den Ohren
Die Hirten erglänzten
Die Heiligen Drei Könige waren glücklich
Alle jubelten

Oder so?
Maria jubelte
Josef war glücklich
Das Jesuskindlein wackelte mit den Ohren
Der Ochse lag in der Krippe
Der Esel erglänzte
Der Stern betete
Die himmlischen Heerscharen standen daneben
Die Hirten kamen geritten
Die Heiligen Drei Könige kamen gelaufen
Alle schnauften

Oder etwa so?
Maria betete
Josef stand daneben
Das Jesuskindlein lag in der Krippe
Der Ochse schnaufte
Der Esel wackelte mit den Ohren
Der Stern erglänzte

Die himmlischen Heerscharen jubelten
Die Hirten kamen gelaufen
Die Heiligen Drei Könige kamen geritten
Alle waren glücklich

Ja, so.

Weihnachtswunsch

JOACHIM RINGELNATZ

Schenken

Schenke groß oder klein,
Aber immer gediegen.
Wenn die Bedachten
Die Gaben wiegen,
Sei dein Gewissen rein.

Schenke herzlich und frei.
Schenke dabei,
Was in dir wohnt
An Meinung, Geschmack und Humor,
So dass die eigene Freude zuvor
Dich reichlich belohnt.

Schenke mit Geist ohne List.
Sei eingedenk,
Dass dein Geschenk
Du selber bist.

URSEL SCHEFFLER

Vorweihnachtstrubel

Grüner Kranz mit roten Kerzen,
Lichterglanz in allen Herzen,
Weihnachtslieder, Plätzchenduft,
Zimt und Sterne in der Luft.
Garten trägt sein Winterkleid,
wer hat noch für Kinder Zeit?

Leute packen, basteln, laufen,
grübeln, suchen, rennen, kaufen,
kochen, backen, braten, waschen,
rätseln, wispern, flüstern, naschen,
schreiben Briefe, Mails und Karten,
was sie auch von dir erwarten.

Doch wozu denn hetzen, eilen,
schöner ist es zu verweilen,
und vor allem dran zu denken,
sich ein Päckchen ›Zeit‹ zu schenken.
Und bitte lasst noch etwas Raum
für das Christkind unterm Baum!

THEODOR STORM

Knecht Ruprecht

Von drauß' vom Walde komm ich her;
Ich muss euch sagen, es weihnachtet sehr!
Allüberall auf den Tannenspitzen
Sah ich goldene Lichtlein sitzen;
Und droben aus dem Himmelstor
Sah mit großen Augen das Christkind hervor;
Und wie ich so strolcht' durch den finstern Tann,
Da rief's mich mit heller Stimme an:
»Knecht Ruprecht«, rief es, »alter Gesell,
Hebe die Beine und spute dich schnell!
Die Kerzen fangen zu brennen an,
Das Himmelstor ist aufgetan,
Alt' und Junge sollen nun
Von der Jagd des Lebens einmal ruhn;
Und morgen flieg ich hinab zur Erden,
Denn es soll wieder Weihnachten werden!«
Ich sprach: »O lieber Herre Christ,
Meine Reise fast zu Ende ist;
Ich soll nur noch in diese Stadt,
Wo's eitel gute Kinder hat.«
– »Hast denn das Säcklein auch bei dir?«
Ich sprach: »Das Säcklein, das ist hier:
Denn Äpfel, Nuss und Mandelkern
Fressen fromme Kinder gern.«
– »Hast denn die Rute auch bei dir?«
Ich sprach: »Die Rute, die ist hier;
Doch für die Kinder nur, die schlechten,

Die trifft sie auf den Teil, den rechten.«
Christkindlein sprach: »So ist es recht;
So geh mit Gott, mein treuer Knecht!«
Von drauß' vom Walde komm ich her;
Ich muss euch sagen, es weihnachtet sehr!
Nun sprecht, wie ich's hier innen find!
Sind's gute Kind, sind's böse Kind?

ALBERT SERGEL

Nüsseknacken

Holler, boller, Rumpelsack,
Niklas trug sie huckepack,
Weihnachtsnüsse gelb und braun,
runzlig, punzlig anzuschaun.

Knackt die Schale, springt der Kern:
Weihnachtsnüsse ess ich gern.
Komm bald wieder in mein Haus,
alter, guter Nikolaus!

CHRISTIAN FÜRCHTEGOTT GELLERT

Guter Nikolaus

Guter Nikolaus,
komm in unser Haus,
triffst ein Kindlein an,
das ein Sprüchlein kann
und schön folgen will!
Halte bei uns still,
schütt dein Säcklein aus,
guter Nikolaus!

Ach, du lieber Nikolaus,
komm doch einmal in mein Haus!
Hab so lang an dich gedacht!
Hast mir auch was mitgebracht?

CARL ZUCKMAYER

Weihnachtslied

Frost klirre Glas!
Eisblumen blühn.
Rauhreif im welken Gras
Sprüht feurig Grün.

Fuchs, Has' und Reh
Hüllt warm das Winterfell.
Bald fällt ein Schnee
Und macht die Nächte hell –

Wiesel wird Hermelin.
Dompfaff ans Fenster pickt.
Herr, mach auch ihn
Warm wie von Woll' umstrickt.

Laut unser Weihnachtswunsch
Beim roten Toddyglas:
Schenk jedem Bettler Punsch
Und jedem Vogel Fraß!

Viel Brüder schweifen weit
In deiner Nacht verirrt.
Schaff uns die Zeit,
Wo jedem Heimat wird.

Schick uns die Not,
Eh' unser Herz erschlafft.
Gib täglich Brot
Jedem, der sich's erschafft.

Schür uns die Freud'!
Hell brennt die Sonn' ins Feld!
All sind wir reiche Leut'
Auch ohne Geld!

Hilf, daß der rechte Mann
Die rechte Frau sich find',
Und segne beiden dann
Ein Krippenkind.

RUDOLF HÄGNI

Brief ans Christkind

Christkindlein, liebes, ich bitte dich sehr,
es dauert ja nun nicht lange mehr.
Bring mir doch wieder ein neues Kleid,
für meine Puppe, die Adelheid.
Das alte ist schon ganz abgeschossen,
und einmal ist Sirup darüber geflossen.
Da hat es einen Flecken gegeben.
Die rote Farbe blieb daran kleben.
Wir haben sie nicht mehr auswaschen können.
Nun will ich noch etwas anderes nennen.
Ich wage es dir zwar fast nicht zu schreiben.
Wenn es zuviel ist, lass es nur bleiben!
Eine Puppenküche wünscht ich mir noch.
Die alte Pfanne hat nämlich ein Loch.
Ich glaube der Rost hat sie angefressen.
Es ekelt einen, daraus zu essen.
Und zudem ist sie für mich jetzt zu klein.
Auch Schlittschuhe wären natürlich fein.
Schlittschuhfahren ist gar zu schön.
Ich möchte mit meinem Bruder gehn.
Aber die kannst du nächstes Jahr bringen,
weisst, ich möchte nicht alles erzwingen.
Doch wenn du mir lieber die Schlittschuhe schenkst,
ist's auch recht. Wenn du nur nicht denkst,
dass ich zu unbescheiden sei
mit meinen Wünschen, es sind ja schon drei.

Das möchte ich nicht, das täte mir leid.
Bring du nur einfach, soviel dich freut.
Dann wird es mir sicher auch Freude machen.
Du bringst ja keine unnützen Sachen.
Jetzt bin ich am Ende. Noch einen Gruss
vom Marteli Stocker im »roten Huus«.

ROBERT GERNHARDT

Weihnachten

Ich bin Erika.
Jetzt kommt Weihnachten.
Ich schenke Vati ein Tischfeuerzeug zu 22,50 DM.
Vati schenkt Michael Tennisschläger zu 22 DM.
Michael schenkt Mutti eine Schälmaschine zu 19,70 DM.
Mutti schenkt mir Schallplatten im Wert von 18 DM.
4,50 DM muß ich noch bekommen.
Von wem?
Ich bin so gespannt auf Weihnachten.

Ans
Christkind:
Meine Eltern sind
seit Wochen zerstritten,
also möchte ich dich bitten,
heuer die Geschenke sein zu lassen.
Mach lieber, dass die zwei sich nimmer hassen
und sich am Heiligen Abend zur Versöhnung küssen
und die Nachbarn nicht wieder die Polizei rufen
müssen.
Deine
kleine
Brigitte.
Wohnhaft: Wien-Mitte

JOHANN WOLFGANG GOETHE

Christgeschenk

Mein süßes Liebchen! Hier in Schachtelwänden
Gar mannigfalt geformte Süßigkeiten.
Die Früchte sind es heilger Weihnachtszeiten,
Gebackne nur, den Kindern auszuspenden!

Dir möcht ich dann mit süßem Redewenden
Poetisch Zuckerbrot zum Fest bereiten;
Allein was solls mit solchen Eitelkeiten?
Weg den Versuch, mit Schmeichelei zu blenden!

Doch gibt es noch ein Süßes, das vom Innern
Zum Innern spricht, genießbar in der Ferne,
Das kann nur bis zu dir hinüber wehen.

Und fühlst du dann ein freundliches Erinnern,
Als blinkten froh dir wohlbekannte Sterne,
Wirst du die kleinste Gabe nicht verschmähen.

KURT TUCHOLSKY

Groß-Stadt – Weihnachten

Nun senkt sich wieder auf die heim'schen Fluren
die Weihenacht! die Weihenacht!
Was die Mamas bepackt nach Hause fuhren,
wir kriegens jetzo freundlich dargebracht.

Der Asphalt glitscht. Kann Emil das gebrauchen?
Die Braut kramt schämig in dem Portemonnaie.
Sie schenkt ihm, teils zum Schmuck und teils
zum Rauchen,
den Aschenbecher aus Emalch glasé.

Das Christkind kommt! Wir jungen Leute lauschen
auf einen stillen heiligen Grammophon.
Das Christkind kommt und ist bereit zu tauschen
den Schlips, die Puppe und das Lexikohn.

Und sitzt der wackre Bürger bei den Seinen,
voll Karpfen, still im Stuhl, um halber zehn,
dann ist er mit sich selbst zufrieden und im reinen:
»Ach ja, son Christfest is doch ooch janz scheen!«

Und frohgelaunt spricht er vom ›Weihnachtswetter‹,
mag es nun regnen oder mag es schnein.
Jovial und schmauchend liest er seine Morgenblätter,
die trächtig sind von süßen Plauderein.

So trifft denn nur auf eitel Glück hienieden
in dieser Residenz Christkindleins Flug?
Mein Gott, sie mimen eben Weihnachtsfrieden …
»Wir spielen alle. Wer es weiß, ist klug.«

HEINZ KAHLAU

Weihnachtslegende

Wir sollten es versuchen,
trotz Gans und Pfefferkuchen,
dass Frieden wird auf Erden.
Mal muss das doch was werden.

Mit Hoffnung, Mut und Zuversicht,
sonst bringt das ganze Feiern nichts.

Setzt euch um Tann und Fichte,
macht nicht das Licht zunichte,
hört auf euch zu verrenken –
wir sollten uns beschenken

mit Hoffnung, Mut und Zuversicht,
sonst bringt der ganze Rummel nichts.

GOTTFRIED KELLER

Weihnachtsmarkt

Welch lustiger Wald um das graue Schloss
Hat sich zusammen gefunden,
Ein grünes bewegliches Nadelgehölz,
Von keiner Wurzel gebunden!

Anstatt der warmen Sonne scheint
Das Rauschgold durch die Wipfel;
Hier backt man Kuchen, dort brät man Wurst,
Das Räuchlein zieht um die Gipfel.

Es ist ein fröhlich Leben im Wald,
Das Volk erfüllet die Räume;
Die nie mit Tränen ein Reis gepflanzt,
Die fällen am frohsten die Bäume.

Der eine kauft ein bescheidnes Gewächs
Zu überreichen Geschenken,
Der andre einen gewaltigen Strauch,
Drei Nüsse daran zu henken.

Dort feilscht um ein verkrüppeltes Reis
Ein Weib mit scharfen Waffen:
Der dünne Silberling soll zugleich
Den Baum und die Früchte verschaffen!

Mit glühender Nase schleppt der Lakai
Die schwere Tanne von hinnen,
Das Zöfchen trägt ein Leiterchen nach,
Zu ersteigen die grünen Zinnen.

Und kommt die Nacht, so singt der Wald
Und wiegt sich im Gaslichtscheine;
Bang führt die arme Mutter ihr Kind
Vorüber dem Zauberhaine.

Einst sah ich einen Weihnachtsbaum:
Im düstern Bergesbanne
Stand eisbezuckert auf dem Granit
Die alte Wettertanne.

Und zwischen den Ästen waren schön
Die Sterne aufgegangen,
Am untersten Ast sah ich entsetzt
Die alte Schmidtin hangen.

Hell schien der Mond ihr ins Gesicht,
Das festlich still verkläret;
Weil sie auf der Welt sonst nichts besaß,
Hatte sie sich selbst bescheret.

GEORG KREISLER

Weihnachten bringt alles durcheinander

Ich wasch mich jeden Morgen so um sieben,
geh jeden dritten Mittwoch zum Ballett,
schreib Mutter jeden Elften
und in beiden Monatshälften
geh ich einen Tag besonders früh zu Bett.
Ich schwimm im Sommer dienstags nach der Arbeit
und kriege jeden Fünfzehnten mein Geld.
Ich darf an jedem Achten
bei der Käthe übernachten,
wenn der Neunte nicht auf einen Montag fällt.

Ich esse mittags stets in der Kantine.
Dort isst man billig, wenn auch schlecht.
Ich fahre jeden Sonntag raus ins Grüne,
und wenn es regnet, dann erst recht.

In andern Worten, ich bin sehr zufrieden,
ich hab mein Leben sorgsam arrangiert,
nur Weihnachten bringt alles durcheinander,
durcheinander, durcheinander.
Die Leute bevölkern die Straßen
bis spät in den Abend mit tausend Paketen
und sind so zerstreut und verworren
und irgendwie glücklich, man könnte sie treten.

Ich irre umher, und ich weiß nicht wohin
und mein Leben wird zum Labyrinth,
in dem ich warten muss,
bis der Alltag wieder beginnt
Der Alltag kommt und mit ihm meine Freude.
Ich darf mich wieder kurz nach sieben rasieren,
trink abends meinen Schoppen,
darf mir Untergebene foppen
und mir allzu Untergebene ignorieren,
darf wieder meine Vorgesetzten grüßen –
nach Weihnachten erwidern sie's nicht so schnell –
darf wieder streng vermeiden,
mich so weit zu unterscheiden,
dass man glaubt, ich wäre individuell.

Ich gehe durch die Straßen mit Migräne
und lächle niemals, wo ich geh.
Ich zeige überhaupt nie meine Zähne,
außer beim Zahnarzt, da tut's auch weh.

In andern Worten, ich bin sehr zufrieden.
Mein Leben ist vor allen Dingen ernst.
Nur Weihnachten bringt alles durcheinander,
durcheinander, durcheinander.
Denn plötzlich erwartet man grundlos,
ich solle die ärmeren Leute bedauern,
womöglich am Boden mit rotzigen Kindern
bei 'nem schäbigen Tannenbaum kauern.
Zu Weihnachten wird die Bevölkerung verrückt,
jeder Bettler bekommt Appetit.

Da muss man stark sein,
sonst macht man am Ende noch mit.

Von Zeit zu Zeit betrachte ich meine Umwelt.
Die meisten Menschen halten ziemlich dicht.
Man arbeitet, man frisst was,
manchmal fühlt man, man vermisst was,
aber trotzdem tut man immer seine Pflicht.
Man fährt zur Kirche oder nach Italien,
man kauft sich erst ein Auto, dann ein Haus,
man kriecht entlang des Lebens –
dass man jung war, war vergebens –
und man sucht sich einen Lieblingsfilmstar aus.

Man ließe sich fürs Vaterland zerlegen,
man wählt den Kanzler, schreit hurra
und geht der Zukunft frohgemut entgegen.
Erst wenn sie da ist, ist sie da.

In andern Worten, ich bin sehr zufrieden.
Die meisten Leute sind genau wie ich.
Nur Weihnachten bringt alles durcheinander,
durcheinander, durcheinander.
Die Menschen vergessen die Zukunft,
vor allem diejenige, die schon gewesen.
Sie kaufen einander Geschenke,
darunter auch Bücher, die könnten sie lesen.
Zu Weihnachten ziehn sich die Völker zurück,
man wird weich und empfindsam und schlapp.
Deutschland erwache! Schaff Weihnachten ab!

THEODOR STORM

Stoßseufzer

Am Weihnachtsonntag kam er zu mir,
In Jack und Schurzfell, und roch nach Bier
Und sprach zwei Stunden zu meiner Qual
Von Zinsen und von Kapital;
Ein Kerl, vor dem mich Gott bewahr!
Hat keinen Festtag im ganzen Jahr.

Ein goldner Kindertraum

ROTRAUT SUSANNE BERNER

Weihnachten von A bis Z

... ach, am Abend Äpfel braten,
backen, basteln, Christbaumschmuck!
Durch die Dämmrung eilen Engel,
Esel, Eisbärn, einsam frierend.

Fette Gänse gackern herdwärts,
heimlich im Innern ist jedermann jung,
jauchzet, jubelt, jonglieret Kometen,
knistert, knetet, knabbert Konfekt.

Kinder lassen Lichter leuchten,
lauschen Liedern, lesen lange;
mollige Mädchen mahlen Mandeln,
mischen Mehl mit Marzipan.

Mit Naschwerk nahet nächtens Niklas,
netten Nachbarn, Neffen, Nichten,
Nüsse, Nougat offerierend.
Onkel, Omas, packen Päckchen,

pralle Postgebäude platzen,
Paten plündern Portemonnaies,
pfänden Perlen, Pelz, Paläste –
Quanti-, Quali-, Raritäten!

Rastlos rennen Rauschgoldengel,
Schneemann, Söhne, Schwiegermütter,
Tanten, Tannen und Verwandte,
Väter, Vettern, Weihnachtsmänner.

Wünsche werden wieder wahr,
weiße Weihnacht, X-mas, yeah!
Zwischen zerdrückten Zuckerplätzchen
zuletzt Zweifel, Zahnweh – ach …

THEODOR STORM

Weihnachtslied

Vom Himmel in die tiefsten Klüfte
Ein milder Stern herniederlacht;
Vom Tannenwalde steigen Düfte
Und hauchen durch die Winterlüfte,
Und kerzenhelle wird die Nacht.

Mir ist das Herz so froh erschrocken,
Das ist die liebe Weihnachtszeit!
Ich höre fernher Kirchenglocken
Mich lieblich heimatlich verlocken
In märchenstille Herrlichkeit.

Ein frommer Zauber hält mich wieder,
Anbetend, staunend muss ich stehn;
Es sinkt auf meine Augenlider
Ein goldner Kindertraum hernieder,
Ich fühl's, ein Wunder ist geschehn.

F. W. BERNSTEIN

Weihnachten in der Schule

Hört mal zu!
Auch Du!
Wenn das Jahr zu Ende geht
wird es abends früher spät
alle tragen feste Schuhe
Ruhe!
Weißer Schnee füllt bald die Straßen
Markt und alles ist verlassen
will
Karlchen, sei doch still!
Willig kommt der Weihnachtsmann
hat ein rotes Röckchen an
hell wird jedes Licht
Peter, red jetzt nicht!
Und ein großer Kerzenschein
wollt Ihr endlich ruhig sein!
Hüpfet über Stock und Stein –
Karlchen, Dich sperr ich jetzt ein!
Und zu unsern Lieben
kommt aus Heu und Stroh
Ruhe endlich! Wo
bin ich steh'n geblieben?

AUGUST HEINRICH HOFFMANN VON FALLERSLEBEN

Der Weihnachtsmann

Morgen kommt der Weihnachtsmann,
Kommt mit seinen Gaben.
Trommel, Pfeifen und Gewehr,
Fahn und Säbel und noch mehr,
Ja, ein ganzes Kriegesheer
Möcht ich gerne haben!

Bring uns, lieber Weihnachtsmann,
Bring auch morgen, bringe
Musketier und Grenadier,
Zottelbär und Panthertier,
Ross und Esel, Schaf und Stier,
Lauter schöne Dinge!

Doch du weißt ja unsern Wunsch,
Kennst ja unsre Herzen.
Kinder, Vater und Mama,
Auch sogar der Großpapa,
Alle, alle sind wir da,
Warten dein mit Schmerzen.

ANONYM

Weihnachtslied

O du mein Mopper, wo willt du hinaus,
Ich kann dir nicht erzählen
Meine güldene Klaus:
Lass klinken, lass klanken,
Lass all herunter schwanken;
Ich weiß nicht, soll ich hüten
Ochs oder Schaf,
Oder soll ich essen
Einen Käs und ein Brod.

Bei Ochsen und bei Schafen
Kann man nicht schlafen,
Da tut es sich eröffnen
Das himmlische Tor,
Da kugeln die Engel
Ganz haufenweis hervor.

ARNO HOLZ

Weihnachten

Und wieder nun lässt aus dem Dunkeln
die Weihnacht ihre Sterne funkeln!
Die Engel im Himmel hört man sich küssen,
und die ganze Welt riecht nach Pfeffernüssen …

So heimlich war es die letzten Wochen,
die Häuser nach Mehl und Honig rochen,
die Dächer lagen dick verschneit,
und fern, noch fern schien die schöne Zeit.
Man dachte an sie kaum dann und wann.
Mutter teigte die Kuchen an,
und Vater, dem mehr der Lehnstuhl taugte,
saß daneben und las und rauchte.
Da, plötzlich, eh man sichs versah,
mit einmal war sie wieder da.

Mitten im Zimmer steht nun der Baum!

Man reibt sich die Augen und glaubt es kaum …
Die Ketten schaukeln, die Lichter wehn,
Herrgott, was gibts da nicht alles zu sehn!
Die kleinen Kügelchen und hier
die niedlichen Krönchen aus Goldpapier!
Und an all den grünen, glitzernden Schnürchen
all die unzähligen, kleinen Figürchen:
Mohren, Schlittschuhläufer und Schwälbchen,
Elefanten und kleine Kälbchen,

Schornsteinfeger und trommelnde Hasen,
dicke Kerle mit roten Nasen,
reiche Hunde und arme Schlucker
und alles, alles aus purem Zucker!
Ein alter Herr mit weißen Bäffchen
hängt grade unter einem Äffchen.
Und hier gar schält sich aus seinem Ei
ein kleiner, geflügelter Nackedei.
Und oben, oben erst in der Krone!
Da hängt eine wirkliche, gelbe Kanone
und ein Husarenleutnant mit silbernen Tressen –
ich glaube wahrhaftig, man kann ihn essen!

In den offenen Mäulerchen ihre Finger
stehn um den Tisch die kleinen Dinger,
und um die Wette mit den Kerzen
puppern vor Freuden ihre Herzen.
Ihre großen, blauen Augen leuchten,
indes die unsern sich leise feuchten.
Wir sind ja leider schon längst »erwachsen«,
uns dreht sich die Welt um andre Achsen
und zwar zumeist um unser Bureau.
Ach, nicht wie früher mehr macht uns froh
aus Zinkblech eine Eisenbahn,
ein kleines Schweinchen aus Marzipan.
Eine Blechtrompete gefiel uns einst sehr,
der Reichstag interessiert uns heut mehr;
auch sind wir verliebt in die Regeldetri
und spielen natürlich auch Lotterie.

Uns quälen tausend Siebensachen.
Mit einem Wort, um es kurz zu machen,
wir sind große, verständige, vernünftige Leute!

Nur eben heute nicht, heute, heute!

Über uns kommt es wie ein Traum,
ist nicht die Welt heut ein einziger Baum,
an dem Millionen Kerzen schaukeln?
Alte Erinnerungen gaukeln
aus fernen Zeiten an uns vorüber,
und jede klagt: Hinüber, hinüber!
Und ein altes Lied fällt uns wieder ein:
O selig, o selig, ein Kind noch zu sein!

PAUL RICHTER

Geschichte eines Pfefferkuchenmannes

Es war einmal ein Pfefferkuchenmann,
von Wuchs groß und mächtig,
und was seinen innern Wert betraf,
so sagte der Bäcker »Prächtig.«

Auf dieses glänzende Zeugnis hin
erstand ihn der Onkel Heller
und stellte ihn seinem Patenkind,
dem Fritz, auf den Weihnachtsteller.

Doch kaum war mit dem Pfefferkuchenmann
der Fritz ins Gespräch gekommen,
da hatte er schon – aus Höflichkeit –
die Mütze ihm abgenommen.

Als schlafen ging der Pfefferkuchenmann,
da bog er sich krumm vor Schmerze:
an der linken Seite fehlte fast ganz
sein stolzes Rosinenherze!

Als Fritz tags drauf den Pfefferkuchenmann
besuchte, ganz früh und alleine,
da fehlten, o Schreck, dem armen Kerl
ein Arm und schon beide Beine!

Und wo einst saß am Pfefferkuchenmann
die mächt'ge Habichtsnase,
da war ein Loch! Und er weinte still
eine bräunliche Sirupblase.

Von nun an nahm der Pfefferkuchenmann
ein reißendes, schreckliches Ende:
Das letzte Stückchen kam schließlich durch Tausch
in Schwester Margretchens Hände.

Die kochte als sorgliche Hausfrau draus
für ihre hungrige Puppe
auf ihrem neuen Spiritusherd
eine kräftige, leckere Suppe.

Und das geschah dem Pfefferkuchenmann,
den einst so viele bewundert
in seiner Schönheit bei Bäcker Schmidt,
im Jahre neunzehnhundert.

EDUARD MÖRIKE

Frankfurter Brenten

Mandeln erstlich, rat ich dir,
Nimm drei Pfunde, besser vier
(Im Verhältnis nach Belieben);
Diese werden nun gestoßen
Und mit ordinärem Rosen-
Wasser feinstens abgerieben.
Je aufs Pfund Mandeln akkurat
Drei Vierling Zucker ohne Gnad.
Denselben in den Mörsel bring,
Hierauf ihn durch ein Haarsieb schwing!
Von deinen irdenen Gefäßen
Sollst du mir dann ein Ding erlesen –
Was man sonst eine Kachel nennt;
Doch sei sie neu zu diesem End!
Drein füllen wir den ganzen Plunder
Und legen frische Kohlen unter.
Jetzt rühr und rühr ohn Unterlass,
Bis sich verdicken will die Mass',
Und rührst du eine Stunde voll:
Am eingetauchten Finger soll
Das Kleinste nicht mehr hängen bleiben;
So lange müssen wir es treiben.
Nun aber bringe das Gebrodel
In eine Schüssel (der Poet,
Weil ihm der Reim vor allem geht,
Will schlechterdings hier einen Model,
Indes der Koch auf Ersterer besteht)!

Darinne drücks zusammen gut;
Und hat es über Nacht geruht,
Sollst dus durchkneten Stück für Stück,
Auswellen messerrückendick
(Je weniger Mehl du streuest ein,
Um desto besser wird es sein).
Alsdann in Formen seis geprägt,
Wie man bei Weingebacknem pflegt;
Zuletzt – das wird der Sache frommen,
Den Bäcker scharf in Pflicht genommen,
Dass sie schön gelb vom Ofen kommen!

JAMES KRÜSS

Die Weihnachtsmaus

Die Weihnachtsmaus ist sonderbar
(Sogar für die Gelehrten),
Denn einmal nur im ganzen Jahr
Entdeckt man ihre Fährten.

Mit Fallen oder Rattengift
Kann man die Maus nicht fangen.
Sie ist, was diesen Punkt betrifft,
Noch nie ins Garn gegangen.

Das ganze Jahr macht diese Maus
Den Menschen keine Plage.
Doch plötzlich aus dem Loch heraus
Kriecht sie am Weihnachtstage.

Zum Beispiel war vom Festgebäck,
Das Mutter gut verborgen,
Mit einemmal das Beste weg
Am ersten Weihnachtsmorgen.

Da sagte jeder rundheraus:
Ich hab es nicht genommen!
Es war bestimmt die Weihnachtsmaus,
Die über Nacht gekommen!

Ein andres Mal verschwand sogar
Das Marzipan vom Peter,
Was seltsam und erstaunlich war,
Denn niemand fand es später.

Der Christian rief rundheraus:
Ich hab es nicht genommen!
Es war bestimmt die Weihnachtsmaus,
Die über Nacht gekommen!

Ein drittes Mal verschwand vom Baum,
An dem die Kugeln hingen,
Ein Weihnachtsmann aus Eierschaum
Nebst andren leckren Dingen.

Die Nelly sagte rundheraus:
Ich habe nichts genommen!
Es war bestimmt die Weihnachtsmaus,
Die über Nacht gekommen!

Und Ernst und Hans und der Papa,
Die riefen: Welche Plage!
Die böse Maus ist wieder da,
Und just am Feiertage!

Nur Mutter sprach kein Klagewort.
Sie sagte unumwunden:
Sind erst die Süßigkeiten fort,
Ist auch die Maus verschwunden!

Und wirklich wahr: Die Maus blieb weg,
Sobald der Baum geleert war,
Sobald das letzte Festgebäck
Gegessen und verzehrt war.

Sagt jemand nun, bei ihm zu Haus –
Bei Fränzchen oder Lieschen –
Da gäb es keine Weihnachtsmaus,
Dann zweifle ich ein bißchen!

Doch sag ich nichts, was jemand kränkt!
Das könnte euch so passen!
Was man von Weihnachtsmäusen denkt,
Bleibt jedem überlassen!

DETLEV VON LILIENCRON

Weihnachtslied

Seht! der jetzt hier vor euch steht,
Ist ein Engel aus dem Himmel,
Von den Sternen hergeweht,
Ach, ins irdische Gewimmel.

Manches hab ich angeschaut,
Ganz zuletzt die Weihnachtsbäume,
Und darunter aufgebaut
Tausend wachgewordne Träume.

Mit Knecht Ruprecht ging ich viel
Vor den schönen Christkindtagen,
Immer neu war unser Ziel,
Seinen Rucksack half ich tragen.

Unsrer Gaben Fülle lag
Fest verschlossen in Verstecken,
Dass nicht vor dem Jesustag
Naseweischen sie entdecken.

Ein Klein-Lottchen konnt ich sehn,
Mit dem Brüderchen, dem Fritzen,
Suchten emsig auf den Zehn
Schlüsselloch und Türenritzen.

Kinder, ward der alte Mann
Böse, zeigte schon die Rute!
Doch ich tat ihn in den Bann,
Bis ihm wieder lieb zu Mute.

Und nun trägt vom hellen Baum
Jeder seinen Schatz in Händen,
Und er lässt sich selbst im Traum
Die Geschenke nicht entwenden.

Ganz besonders diesmal fand
Märchenbuch ich und Geschichten,
Denn ich kam in jenes Land,
Wo die Menschen alle dichten.

Bleibt ihr artig, kleine Schar,
Wird Knecht Ruprecht an euch denken,
Bringt euch auch im nächsten Jahr
Einen Sack voll von Geschenken.

Und dann steht ihr wie im Traum.
Und von neuem seht ihr wieder
Kerzenglanz und Tannenbaum
Und hört alte Weihnachtslieder.

CLEMENS BRENTANO

Engel, die Gott zugesehn
Sonn' und Mond und Sterne bauen,
Sprachen: Herr, es ist auch schön,
Mit dem Kind ins Nest zu schauen.

Alles sieht so festlich aus

ROSE AUSLÄNDER

New Yorker Weihnachten

In erträumten Türmen
läuten Glocken Mirakel

Läden fiebern
aus Drehtüren rollen Lieder
in den Tumult

Tannen lächeln
elektrische Liebe

Taube weihnachtsweiß
deine Botschaft
in welchem Reich
freundlich aufgenommen
auf welcher Tanne wächst
dein Gefieder

Die verschollenen Könige
kommen heute nach New York
mit magischen Geschenken
Sie pilgern nach Harlem
zu den Spirituals
verbrüdern sich im Hafen
mit der Mannschaft gescheiterter Schiffe
verloben sich in der Bar
mit Branntweinbräuten

In imaginären Türmen
läuten Glocken Mirakel

ERICH KÄSTNER

Der Weihnachtsabend des Kellners

Aller Welt dreht er den Rücken,
und sein Blick geht zu Protest.
Und dann murmelt er beim Bücken:
»Ach, du liebes Weihnachtsfest!«

Im Lokal sind nur zwei Kunden.
(Fröhlich sehn die auch nicht aus.)
Und der Kellner zählt die Stunden.
Doch er darf noch nicht nach Haus.

Denn vielleicht kommt doch noch einer,
welcher keinen Christbaum hat,
und allein ist wie sonst keiner
in der feierlichen Stadt. –

Dann schon lieber Kellner bleiben
und zur Nacht nach Hause gehn,
als jetzt durch die Straßen treiben
und vor fremden Fenstern stehn!

CHRISTIAN MORGENSTERN

Das Weihnachtsbäumlein

Es war einmal ein Tännelein,
mit braunen Kuchenherzlein
und Glitzergold und Äpflein fein
und vielen bunten Kerzlein:
Das war am Weihnachtsfest so grün,
als fing es eben an zu blühn.

Doch nach nicht gar zu langer Zeit,
da stand's im Garten unten,
und seine ganze Herrlichkeit
war, ach, dahingeschwunden.
Die grünen Nadeln war'n verdorrt,
die Herzlein und die Kerzlein fort.

Bis eines Tags der Gärtner kam,
den fror zu Haus im Dunkeln,
und es in seinen Ofen nahm –
hei! tat's da sprühn und funkeln!
Und flammte heim- und himmelwärts
in hundert Flämmlein an Gottes Herz.

ROBERT GERNHARDT

Rätsel

»Da ist ein Baum,
ist immer grün,
wächst nicht in der Savanne.
Wächst da, wo Deutschlands Blumen blühn,
und winters auf ihm Kerzen glühn –
wie heißt der Baum?«

»Marianne?«

EMILY UND FRITZ KÖGEL

Der Bratapfel

Kinder, kommt und ratet,
Was im Ofen bratet!
Hört, wies knallt und zischt!
Bald wird er aufgetischt
Der Zipfel, der Zapfel,
Der Kipfel, der Kapfel,
Der gelbrote Apfel.

Kinder, lauft schneller;
Holt einen Teller,
Holt eine Gabel!
Sperrt auf den Schnabel
Für den Zipfel, den Zapfel,
Den Kipfel, den Kapfel,
Den goldbraunen Apfel.

Sie pusten und prusten,
Sie gucken und schlucken,
Sie schnalzen und schmecken,
Sie lecken und schlecken
Den Zipfel, den Zapfel,
Den Kipfel, den Kapfel,
Den knusprigen Apfel.

SARAH KIRSCH

Punschverkäuferinnen

Ein kalter eisglitzernder Abend und
Hundert Krähen und Dohlen
Über den Himmel geblasen der
Lichtergeschmückten Kleinstadt
Von deren angestrahltem Kirchturm
Choräle ausgesandt werden.

Der Schnee sinkt zitternd aus den
Tiefen aufgerissenen Wolken
Eiswind küßt die Laternen die scheuen
Jungfraun darunter erstmals geschminkte
Schulmädchen die sichs
Weihnachtsgeld fröhlich verdienen.

Die letzten Karusselle fliegen man trinkt
Glühpunsch an jeder Ecke. Dunkelblau
Geht dann die Nacht auf. Es streben
Eilige Schritte über den Marktplatz
Und schiefgetretene Schuhe bevor die
Licht verlöschen hierhin und dorthin.

FRIEDRICH SCHILLER

Punschlied

Vier Elemente,
Innig gesellt,
Bilden das Leben,
Bauen die Welt.

Presst der Zitrone
Saftigen Stern,
Herb ist des Lebens
Innerster Kern.

Jetzt mit des Zuckers
Linderndem Saft
Zähmet die herbe
Brennende Kraft,

Gießet des Wassers
Sprudelnden Schwall,
Wasser umfänget
Ruhig das All.

Tropfen des Geistes
Gießet hinein,
Leben dem Leben
Gibt er allein.

Eh es verdüftet,
Schöpfet es schnell,
Nur wenn er glühet,
Labet der Quell.

JOSEPH VON EICHENDORFF

Weihnachten

Markt und Straßen stehn verlassen,
Still erleuchtet jedes Haus,
Sinnend geh ich durch die Gassen,
Alles sieht so festlich aus.

An den Fenstern haben Frauen
Buntes Spielzeug fromm geschmückt,
Tausend Kindlein stehn und schauen,
Sind so wunderstill beglückt.

Und ich wandre aus den Mauern
Bis hinaus ins freie Feld,
Hehres Glänzen, heilges Schauern!
Wie so weit und still die Welt!

Sterne hoch die Kreise schlingen,
Aus des Schnees Einsamkeit
Steigts wie wunderbares Singen –
O du gnadenreiche Zeit!

KLAUS PETER SCHREINER

Der Weihnachtsbaum spricht

Von drauß vom Walde komm' ich nicht,
sonst wär' mein Nadelkleid mehr licht
und nicht von solcher grünen Wucht –
ich komm von drauß aus einer Zucht,
wo man uns Fichten routiniert
auf Weihnacht hin domestiziert,
damit wir dann im Lichterglanz,
bestückt mit buntem Firlefanz,
mit Engelshaaren zart verziert,
von Weihnachtsliedern malträtiert,
verloren in der Ecke stehn
und alles ruft: »Ach, ist der schön!«
Da hat man ja nun nichts dagegen,
man bleibt verschont vorm sauren Regen
und hat es trocken, wohlig warm,
die Leut' sind freundlich und voll Charme,
nur Eintracht herrscht und Harmonie
und Friede bis zur Idiotie –
die Menschen werden immer bräver,
das fürcht' ich mehr als Borkenkäfer.
Das geht so gut bis nach Neujahr,
dann kräuselt sich das Engelshaar,
und eines Tags wird man getadelt,
weil man schon vor Dreikönig nadelt.
Dann plötzlich wird man vorgerückt,
von rohen Händen abgeschmückt,

vors Haus gestellt, wo's frostig nieselt,
von Hunden wird man angebieselt,
mit ganz profanem Müll verwechselt
und von der Müllabfuhr zerhäckselt.
Drum wär ich lieber – wenn's denn sei –
im nächsten Leben ein Bonsai.

PAUL HEYSE

Eine Weihnachtsepistel

Du neidest mich mit deinem gönnenden
Selbstlosen Neide, Freund, um all den Zauber
An Farb' und Licht und immergrünem Flor
Des Winters hier im Süden. Einzig nur,
Dass es um Weihnacht uns an Schnee und Eis
Und Schlittenbahn gebricht, »was doch durchaus
Gehört zu einem *richtigen* heil'gen Christ«,
Müss' ich wohl auch beklagen.
                                        Freilich war's
Mir selbst verwunderlich, als frühe schon
Die heil'ge Nacht vom klaren Firmament
Herabsank und ich hoch am Bergeshang
Hinschlendernd auf den See herniedersah, –
Weitum der Ufer reingeschwungner Ring,
Der einer edlen Silberschale gleich
Die dunkle Flut umfasste, – dass mich noch
So lind die Luft umspielte, wie bei euch
Im Mai, und dachte: Heut ist Heiligabend;
Heut flockt vielleicht der Schnee in dichtem Schwarm
Auf Münchens Gassen, oder schneit es nicht,
So heult ein rauer Winterwind mit Macht
Weit vom Gebirg daher, dass, die verspätet
Noch unterwegs sind, ihre roten Nasen
Tief in den Kragen stecken und trotzdem
Den trefflichsten Katarrh nach Hause bringen. –
Nun, ländlich sittlich. Auch ein Schnupfen wohl
Gehört zu einem »richtigen« Weihnachtsfest,
Und mit Sylvesterpunsch kuriert man ihn.

Mich aber dünkt, die *erste* Weihnacht, die
Historische, hat von Katarrhen nichts
Und Sturm und Schnee gewusst. Lag doch, gehüllt
In leichte Windeln nur, im offnen Stall
Das liebe Christkind. Und die Hirten, die
Des Engels Botschaft hörten, ihre Herden
Auf freiem Felde hütend bei der Nacht,
Sie krochen frierend nicht in dumpfe Hütten,
Denn lau und lieblich war die Luft. Auch ragt'
Ein Lorbeer wohl hoch an des Stalles Mauer
Und strömte seinen Duft aufs Kripplein nieder,
Noch ehe die drei Könige mit Weihrauch
Und Myrrhen kamen. Eines Palmbaums Krone
War ausgebreitet als ein Baldachin
Zum Schirm der dürft'gen Wiege. Drinnen aber
Das Himmelskind bedurfte wahrlich nicht
Der goldnen Kerzchen unsrer Weihnachtstannen.
Denn in der Nacht des Südens funkelte,
Geschart um jenen Leitstern, das Gewimmel
Der Goldgestirne – fast wie überm See
Sie heut erglänzen, wo aus tiefem Blau
Sie nach und nach aufglimmen, während rings
Geläut ertönt – meinst du nicht doch, man könn'
Auch ohne Schnee und Eis an dieser Stätte
Die *richtige* Weihnacht feiern? – – –

HEINRICH HEINE

Draußen ziehen weiße Flocken
Durch die Nacht, der Sturm ist laut;
Hier im Stübchen ist es trocken,
Warm und einsam stillvertraut.

Sinnend sitz ich auf dem Sessel,
An dem knisternden Kamin,
Kochend summt der Wasserkessel
Längstverklungne Melodien.

Und ein Kätzchen sitzt darneben,
Wärmt die Pfötchen an der Glut;
Und die Flammen schweben, weben,
Wundersam wird mir zumut.

Dämmernd kommt heraufgestiegen
Manche längstvergessne Zeit,
Wie mit bunten Maskenzügen,
Und verblichner Herrlichkeit.

Schöne Frauen lächeln freundlich,
Winken süßgeheimnisvoll,
Und dazwischen springen feindlich
Harlekine, lustigtoll.

Ferne grüßen Marmorgötter,
Traumhaft neben ihnen stehn
Märchenblumen, deren Blätter
In dem Mondenlichte wehn.

Wackelnd kommt herbeigeschwommen
Manches alte Zauberschloss;
Hintendrein geritten kommen
Blanke Ritter, Knappentross.

Und das alles zieht vorüber,
Schattenhastig, übereilt –
Ach! da kocht der Kessel über,
Und das nasse Kätzchen heult.

JOACHIM RINGELNATZ

Weihnachten

Liebeläutend zieht durch Kerzenhelle,
Mild, wie Wälderduft, die Weihnachtszeit,
Und ein schlichtes Glück streut auf die Schwelle
Schöne Blumen der Vergangenheit.

Hand schmiegt sich an Hand im engen Kreise,
Und das alte Lied von Gott und Christ
Bebt durch Seelen und verkündet leise,
Dass die kleinste Welt die größte ist.

ROBERT WALSER

Der Weihnachtsbaum

Was kümmert uns die kalte Nacht?
Es strahlt so lieblich in der Stube.
Da steht ein Bäumchen auf dem Tisch,
mit Silber und mit Gold geschmückt,
behängt mit lust'gen Leckereien,
und in den grünen Tannenzweigen
sind Kerzen, und die schimmern nun
beinah' wie Sterne, und nun geht
die Türe auf, es tritt herein
die wißbegier'ge Schar der Kinder,
sacht von den Eltern hergeführt.
Die zeigen und erklären ihnen
des Bäumchens leuchtende Erscheinung.
Sind da die Kinder nicht schier selig?
So was begreift sich ganz von selbst.
So zarte, reine, gute Seelen
sind fähig noch des schönsten Glückes.
Was kommt nun aber gänzlich Neues?
Das Weihnachtskindchen tritt herein,
die Zauberin, die holde Fee,
weiß wie der Schnee und süß wie Zucker
und gnädig wie ein überird'sches
Wesen, als hätt' sie eben noch
im Himmelreich sich aufgehalten
und käm' direkt vom lieben Gott,
und tut den Mund nun auf und spricht:
»Weil ihr das Jahr hindurch so folgsam

und artig und adrett gewesen,
nichts Sündliches begangen habt,
so geb' ich euch nun allerlei
Geschenke.« Damit führt sie sie
hin zu dem Baum und gibt jedwedem
das Seinige und lächelt, und
die Kinder tun es ebenfalls
und danken dann den lieben Eltern
für ihre Treu' und ihre Sorgfalt,
und diese küssen sie, so daß sie
allseitig sich in bestem Sinn
erfreuen und einander gut sind.
Welch heiliges und hohes Fest
und wunderliebliches Empfinden,
und während sie im kleinen Kreis
froh sind und um den Baum herum
die Angehörigkeit verkörpern,
läuten die Glocken durch die Welt,
daß überall, wo Menschen wohnen,
Lieb' und Vertraun lebendig werden.
Schlimm stünd's um uns, wenn solche Dinge
uns nichts bedeuteten, das aber
ist Gott sei Dank noch nicht der Fall. –

THORALF SCHIRMER

Tag der Gans

Wir fuhren nach diesem Heiligen Abend
auf eisglatten Straßen
durch schneeleeren Wald,
nach Lücken in der Erinnerung grabend,
Familien-Bruchstücke,
ein paar Jahre alt.

Wir luden vom Rücksitz Geschenke in Tüten,
so hübsch
in so schlechtes Gewissen verpackt,
umarmten uns, ließen uns Küsse vergüten,
Großmutters Tranchiergabel
klopfte den Takt.

Dann saßen wir wieder und hoben Bestecke
der Mastgans entgegen,
dem Rehrücken auch.
Der Tisch hatte sieben Meißner Gedecke,
die Gans nur fünf Beine,
aber Äpfel im Bauch.

Wir sprachen vom Stress, mit sich füllenden Backen,
betrauerten
witzelnd ein weiteres Jahr
und ließen uns nochmal die Teller voll packen.
Im Weinglas schwamm Grünkohl,
der fettäugig war.

Wir lauschten den Liedern von kratzenden Platten,
der Enkel verzog sich
mit einer CD,
und als wir den Kaffee hinter uns hatten,
fiel draußen vorm Fenster
noch immer kein Schnee.

Dann kamen die Flaschen mit Whisky und Weinbrand,
der Enkel
durfte nur Eierlikör
und schüttete den auch noch über den Einband
der Bibel, wir lachten,
ein kleines Malheur.

Wer keinen Schnaps hatte, der drängte zum Gehen,
sonst würden
politische Reden geführt.
Das hatte die Großmutter kommen sehen
und Aufschnitt und Kuchen
in Päckchen geschnürt.

Wir fuhren nach diesem festlichen Tage
auf eisglatten Straßen
durch schneeleeres Land,
im Kopf eine immer noch offene Frage,
für die sich keine
Gelegenheit fand.

HEINZ ERHARDT

Die Weihnachtsgans

Tiefgefroren in der Truhe
liegt die Gans aus Dänemark.
Vorläufig läßt man in Ruhe
sie in ihrem weißen Sarg.

Ohne Bein, Kopf und Gekröse
ruht sie neben dem Spinat.
Ob sie wohl ein wenig böse
ist, daß man sie schlachten tat?

Oder ist es doch zu kalt ihr?
Man sieht's an der Gänsehaut …
Nun, sie wird bestimmt nicht alt hier:
morgen wird sie aufgetaut.

Hm, welch Duft zieht aus dem Herde
durch die ganze Wohnung dann!
Macht, daß gut der Braten werde,
morgen kommt der Weihnachtsmann!

AUGUST HEINRICH HOFFMANN VON FALLERSLEBEN

Nussknacker

Nussknacker, du machst ein grimmig Gesicht –
Ich aber, ich fürchte vor dir mich nicht:
Ich weiß, du meinst es gut mit mir,
Drum bring ich meine Nüsse dir.
Ich weiß, du bist ein Meister im Knacken:
Du kannst mit deinen dicken Backen
Gar hübsch die harten Nüsse packen
Und weißt sie vortrefflich aufzuknacken.
Nussknacker, drum bitt ich dich, bitt ich dich,
Hast bessere Zähn als ich, Zähn als ich.
O knacke nur, knacke nur immerzu!
Ich will dir zu Ehren
Die Kerne verzehren.
O knacke nur, knack knack knack! immerzu!
Ei, welch ein braver Kerl bist du!

KARL HENCKELL

Alter Berliner Weihnachtsmarkt

Lass die Glocke läuten vom Dome,
Keiner hört es im Menschenstrome.
Christmarkt, Waldteufel, Trompeten, juchhei!
Wenig Wolle und viel Geschrei.
Alles besehen, wenig erstehen,
Nur zum Pläsier mal darüber gehen,
Eine Bassgeige sich kaufen wollen,
Mit einer Knarre nach Hause sich trollen, –
Für einen Sechser Schmalzkuchen schmecken,
Mumpitz machen an allen Ecken –
Mag auch der Regen vom Himmel fließen,
Das muss der wahre Berliner genießen,
Schuster und Schneider, Jüngling und Mann,
Jeder, der es sich leisten kann.

Noch einmal ein Weihnachtsfest

ERICH PUCHTA

Wetterlage am See

Hochdruck an Weihnachten
gefolgt von einer Tiefdruckrinne
nach dem Fest.
Bodennebel verhüllen die Sicht
auf Künftiges.
Reif fällt auf die letzten Tage
des Jahres.
Schau ich genauer hin
finde ich Sterne unter den Eisblumen.
Über dem Nebel
ahne ich Licht.
Manchmal dringt es durch
und klar zeichnen sich ab
die Ufer jenseits.

Noch einmal ein Weihnachtsfest

Noch einmal ein Weihnachtsfest,
Immer kleiner wird der Rest,
Aber nehm' ich so die Summe,
Alles Grade, alles Krumme,
Alles Falsche, alles Rechte,
Alles Gute, alles Schlechte –
Rechnet sich aus all dem Braus
Doch ein richtig Leben raus.
Und dies können ist das Beste
Wohl bei diesem Weihnachtsfeste.

Weihnachtsspruch

Sei heiter!
Es ist gescheiter
Als alles Gegrübel; –
Gott hilft weiter,
Zur Himmelsleiter
Werden die Übel.

WILHELM BUSCH

Der Stern

Hätt einer auch fast mehr Verstand
Als wie die drei Weisen aus Morgenland
Und ließe sich dünken, er wär wohl nie
Dem Sternlein nachgereist wie sie;
Dennoch, wenn nun das Weihnachtsfest
Seine Lichtlein wonniglich scheinen lässt,
Fällt auch auf sein verständig Gesicht,
Er mag es merken oder nicht,
Ein freundlicher Strahl
Des Wundersternes von dazumal.

HUGO VON HOFMANNSTHAL

Weihnacht

Weihnachtsgeläute
Im nächtigen Wind …
Wer weiß, wo heute
Die Glocken sind,
Die Töne von damals sind?

Die lebenden Töne
Verflogener Jahr',
Mit kindischer Schöne
Und duftendem Haar,
Und tannenduftigem Haar,

Mit Lippen und Locken
Von Träumen schwer? …
Und wo kommen die Glocken
Von heute her,
Die wandernden heute her?

Die kommenden Tage,
Die weh'n da vorbei. –
– Wer hört's, ob Klage,
Ob lachender Mai
Ob blühender, glühender Mai?

niemals war ein weihnachtsmann.
aber das christkind.
der glanz war blendend
  wunderbar.
das ganze zimmer war
  blendend.
und der schöne christbaum und
  die vielen schönen sachen.
seit über vierzig jahren
hab ich nicht mehr daran
  geglaubt.
aber jetzt beginnt sich
  etwas zu ändern.
alles kann mich plötzlich
    blenden
nämlich jedes gewöhnliche
    ding.
    ich halte
  nichts in den händen
nach so langer zeit.
aber es ist nicht mehr
  so weit bis dorthin
als es schon war.
das wird das ganze
  zimmer
in das ich eingesperrt bin
groß und weiß und
  blendend wunderbar.

URS WIDMER

Weihnachten

Es sprach der Ochs zum Es:
wie lieb er trinkt, der Jes.
Auch wir woll bißchen prostern
so bis so gegen Ostern.

Die Tier im heilig Stall
griff froh zur Flaschen all.
Wed Es noch Ochs warn schüchtern.
Mar, Jos und Jes blieb nüchtern.

Jes schlief, Mar träumt, doch Jos
schaut auf sein Frau ziem bos.
Der Es sagt: Jos, übs Jahr
hast du vergess wies war.
Dann weihnacht es schon wieder
und du sing Weihnachtslieder.

JOHANN PETER HEBEL

Neujahrslied

Mit der Freude zieht der Schmerz
traulich durch die Zeiten.
Schwere Stürme, milde Weste,
bange Sorgen, frohe Feste
wandeln sich zur Seiten.

Und wo eine Träne fällt,
blüht auch eine Rose.
Schon gemischt, noch eh wirs bitten,
ist für Thronen und für Hütten
Schmerz und Lust im Lose.

Wars nicht so im alten Jahr?
Wirds im neuen enden?
Sonnen wallen auf und nieder,
Wolken gehn und kommen wieder,
und kein Wunsch wirds wenden.

Gebe denn, der über uns
wägt mit rechter Waage,
jedem Sinn für seine Freuden,
jedem Mut für seine Leiden
in die neuen Tage,

jedem auf des Lebens Pfad
einen Freund zur Seite,
ein zufriedenes Gemüte
und zu stiller Herzensgüte
Hoffnung ins Geleite!

KURT MARTI

flucht nach ägypten

nicht
ägypten
ist
fluchtpunkt
der flucht

das kind
wird gerettet
für härtere tage

fluchtpunkt
der flucht
ist
das kreuz

Verzeichnis der Autorinnen und Autoren und Druckvorlagen

ANONYM

78 Aus: Des Knaben Wunderhorn. Alte deutsche Lieder gesammelt von Achim von Arnim und Clemens Brentano. Bd. 3. Stuttgart: Reclam, 1987.

JOCHEN ARLT (geb. 1948)

22 Und das schönste Fest ist da. Weihnachtliche Gedichte. Zsgst. von Stephan Koranyi. Leipzig: Reclam, 2005. – Mit Genehmigung von Jochen Arlt, Bad Münstereifel.

ROSE AUSLÄNDER (1901–1988)

95 R. A.: Gesammelte Werke in sieben Bänden. Bd. 3: Hügel aus Äther unwiderruflich. Gedichte und Prosa 1966–1975. Frankfurt a. M.: S. Fischer, 1984. – © 1984 S. Fischer Verlag GmbH, Frankfurt am Main.

ROTRAUT SUSANNE BERNER (geb. 1948)

73 R. S. B.: Apfel, Nuss und Schneeballschlacht. Das große Winter-Weihnachtsbuch. Lieder und Gedichte. Hildesheim: Gerstenberg, 2001. – Mit Genehmigung von Rotraut Susanne Berner, München.

F. W. BERNSTEIN (d. i. Fritz Weigle, 1938–2018)

76 F. W. B.: Die Gedichte. München: Kunstmann, 2003. – © 2003 Verlag Antje Kunstmann, München.

JOHANNES BOBROWSKI (1917–1965)

37 J. B.: Die Gedichte. München: Deutsche Verlags-Anstalt, 1998. – © 1998, Deutsche Verlags-Anstalt, München, in der Penguin Random House Verlagsgruppe GmbH.

CLEMENS BRENTANO (1778–1842)

91 C. B.: Gedichte. München: Deutscher Taschenbuch Verlag, 1977.

GEORG BRITTING (1891–1964)

33 G. B.: Sämtliche Werke. Bd. 2. München: List, 1993. – © Georg-Britting-Stiftung, Höhenmoos 2008.

WILHELM BUSCH (1832–1908)

121 W. B.: Hist.-krit. Gesamtausgabe. Bd. 4. Wiesbaden/Berlin: Vollmer, [o. J.].

CHRISTINE BUSTA (1915–1987)

21 Ch. B.: Die Scheune der Vögel. Gedichte. Salzburg: Otto Müller, 1958. – © Otto Müller Verlag, 3. Auflage, Salzburg 1995.

HEINRICH DETERING (geb. 1959)

24 H. D.: Schwebstoffe. Gedichte. Göttingen: Wallstein, 2004. – © 2004 Wallstein Verlag, Göttingen.

JOSEPH VON EICHENDORFF (1788–1857)

102 J. v. E.: Gedichte. Eine Auswahl. Stuttgart: Reclam, 1957 [u. ö.].

FRED ENDRIKAT (1890–1942)

16 F. E.: Das große Endrikat-Buch. München: Blanvalet, 1976.

HEINZ ERHARDT (1909–1979)

113 Das große Heinz Erhardt Buch. München: Goldmann, ^{11}1986. – © Lappan in der Carlsen Verlag GmbH, Hamburg, 2009, 2022.

THEODOR FONTANE (1819–1898)

15, 120 Th. F.: Werke, Schriften und Briefe. Bd. 6. München: Hanser, ^{2}1978.

ERICH FRIED (1921–1988)

38 E. F.: Warngedichte. München/Wien: Hanser, 1964. – © 1964 Carl Hanser Verlag GmbH, München.

CHRISTIAN FÜRCHTEGOTT GELLERT (1715–1769)

55 Ch. F. G.: Werke. Bd. 1: Fabeln, Gedichte, Lustspiele. Hrsg. von Gottfried Honnefelder. Frankfurt a. M.: Insel, 1979.

ROBERT GERNHARDT (1937–2006)

59 R. G.: Letzte Ölung. Ausgesuchte Satiren 1962–1984. – © Robert Gernhardt 1981. © S. Fischer Verlag GmbH, Frankfurt am Main 1996.

98 R. G.: Wörtersee. – © Robert Gernhardt 1981. © S. Fischer Verlag GmbH, Frankfurt am Main 1996.

ALBRECHT GOES (1908–2000)

29 A. G.: Lichtschatten du. Gedichte aus fünfzig Jahren. – © S. Fischer Verlag GmbH, Frankfurt am Main 1978.

JOHANN WOLFGANG GOETHE (1749–1832)

43, 61 Sämtliche Werke. Bd. 1. Zürich und München: Artemis und Deutscher Taschenbuch Verlag, 1977. [Artemis-Gedenkausgabe. Unveränd. Nachdr.]

JOSEF GUGGENMOS (1922–2003)

19 J. G.: Ich will dir was verraten. Ein Kinderbuch mit Bildern. Weinheim: Beltz & Gelberg, 1992. S. 166. – © 1992 Beltz & Gelberg in der Verlagsgruppe Beltz, Weinheim Basel.

RUDOLF HÄGNI (1888–1956)

58 R. H.: I ghöören es Glöggli. Neui Väärsli für d Chind. Erlenbach: Rotapfel-Verlag, 1940. – Mit Genehmigung von Esther Hägni, Altendorf (Schweiz).

JOHANN PETER HEBEL (1760–1826)

125 J. P. H.: Werke. Bd. 2. Frankfurt a. M.: Insel, 1968.

HEINRICH HEINE (1797–1856)

42 H. H.: Buch der Lieder. Stuttgart: Reclam, 1990 [u. ö.].

107 H. H.: Sämtliche Gedichte. Stuttgart: Reclam, 1990 [u. ö.].

KARL HENCKELL (1864–1929)

115 K. H.: Gesammelte Werke. Bd. 1. München: J. Michael Müller, 1921.

HERMANN HESSE (1877–1962)

41 H. H.: Sämtliche Werke in 20 Bänden. Bd. 10. Die Gedichte. Hrsg. von Volker Michels. Bearb. von Peter Huber. Frankfurt a. M.: Suhrkamp, 2002. – © 2002 Suhrkamp Verlag, Frankfurt am Main. Alle Rechte bei und vorbehalten durch Suhrkamp Verlag Berlin.

PAUL HEYSE (1830–1914)

105 P. H.: Gesammelte Werke. Reihe III. Bd. 5. Hildesheim: Olms, 1991.

AUGUST HEINRICH HOFFMANN VON FALLERSLEBEN (1798–1874)

77, 114 A. H. H. v. F.: Gedichte und Lieder. Hamburg: Hoffmann und Campe, 1974.

HUGO VON HOFMANNSTHAL (1874–1929)

122 H. v. H.: Sämtliche Werke. Krit. Ausg. Bd. 1. Frankfurt a. M.: S. Fischer, 1984.

FRANZ HOHLER (geb. 1943)

45 F. H. / Nikolaus Heidelbach: Der Riese und die Erdbeerkonfitüre. München: Deutscher Taschenbuch Verlag, 2000. – Mit Genehmigung von Franz Hohler, Zürich.

ARNO HOLZ (1863–1929)
79 A. H.: Werke. Bd. 5. Neuwied / Berlin-Spandau: Luchterhand, 1962.

ERNST JANDL (1925–2000)
123 E. J.: Werke in 6 Bänden. Hrsg. von Klaus Siblewski München: Luchterhand, 2016. – © 2016 Luchterhand Literaturverlag, München, in der Verlagsgruppe Random House GmbH.

ERICH KÄSTNER (1899–1974)
96 E. K.: Doktor Erich Kästners Lyrische Hausapotheke. Gedichte für den Hausbedarf der Leser. Nebst einem Vorwort und einer nutzbringenden Gebrauchsanweisung samt Register. Zürich: Atrium, 1998. S. 37. – © Atrium Verlag AG, Zürich 2024. Alle Rechte vorbehalten. Erstveröffentlichung: Atrium Verlag AG, Zürich 1936.

HEINZ KAHLAU (1931–2012)
63 H. K.: Sämtliche Gedichte und andere Werke (1950–2005). Hrsg. von Lutz Görner. Berlin: Aufbau, 2005. – © Aufbau Verlage GmbH & Co. KG, Berlin 2005, 2008.

GOTTFRIED KELLER (1819–90)
64 G. K.: Sämtliche Werke und ausgewählte Briefe. Bd. 3. Darmstadt: Wissenschaftliche Buchgesellschaft, ^{3}1972.

SARAH KIRSCH (1935–2013)
100 S. K.: Sämtliche Gedichte. München: Deutsche Verlags-Anstalt, 2005. – © 2005 Deutsche Verlags-Anstalt, München, in der Penguin Random House Verlagsgruppe GmbH.

KLABUND (d. i. Alfred Henschke, 1890–1928)
39 K.: Die Harfenjule. Berlin: Eulenspiegel-Verlag, 1982.

EMILY UND FRITZ KÖGEL (1877–1906 / 1860–1904)

99 E. und F. K.: Die Arche Noah. Leipzig: Teubner, 1901.

GEORG KREISLER (1922–2011)

66 Udo Achten (Hrsg.): »Dieses Jahr schenken wir uns nichts …«. Essen: Klartext, 2005. –

ROLF KRENZER (1936–2007)

23 R. K. (Hrsg.): Die schönsten Advents- und Weihnachtstexte. Freiburg i. Br.: Herder, 1992. –

JAMES KRÜSS (1926–1997)

86 J. K.: Der wohltemperierte Leierkasten. Überarb. Neuausg. München: C. Bertelsmann, 1989. –

GÜNTER KUNERT (1929–2019)

35 G. K.: Fremd daheim. Gedichte. München/Wien: Hanser, 1990. –

PAUL KONRAD KURZ (1927–2005)

40 Heilige Nacht – Heiliger Tag. Hrsg. von Martin Scharpe. Stuttgart: Radius, 2001. –

DETLEV VON KURZ (d. i. Friedrich Adolf Axel Freiherr von L., 1844–1909)

89 D. v. L.: Sämtliche Werke. Bd. 9. Berlin/Leipzig: Schuster und Loeffler, [o. J.].

KURT MARTI (1921–2017)

36, 126 K. M.: geduld und revolte. die gedichte am rand. Stuttgart: Radius-Verlag, 2011. –

EDUARD MÖRIKE (1804–1875)
30 E. M.: Sämtliche Werke. München: Hanser, [5]1976.
84 E. M.: Sämtliche Gedichte. Auf Grund der Originaldrucke hrsg. von Herbert G. Göpfert. 3., rev. und erw. Aufl. München: Hanser, 1964.

CHRISTIAN MORGENSTERN (1871–1914)
20 Ch. M.: Sämtliche Dichtungen II. Bd. 16. Basel: Zbinden, 1978.
97 Ch. M.: Werke und Briefe. Komm. Ausg. Bd. 3. Stuttgart: Urachhaus, 1990.

CHRISTINE NÖSTLINGER (1936–2018)
60 Ch. N.: Fröhliche Weihnachten, liebes Christkind! Frankfurt a. M.: Fischer Sauerländer, 2025. – © 025, Fischer Sauerländer GmbH, Frankfurt am Main. Erstmals erschienen 1997 im Dachs Verlag, Wien.

NOVALIS (d. i. Georg Philipp Friedrich Freiherr von Hardenberg, 1772–1801)
17 N.: Werke, Tagebücher und Briefe. Bd. 1. München/Wien: Hanser, 1978.

ERICH PUCHTA (geb. 1936)
119 E. P.: Geborgen unter weitem Himmel. München: Claudius Verlag, 2007. – ©Mit Genehmigung von Erich Puchta, Weiler-Simmerberg.

PAUL RICHTER (1873–1945)
82 Aus: K. Kipker (Hrsg.): Von drauß' vom Walde komm ich her. Die schönsten Weihnachtsgedichte. Würzburg: Arena, [2]1999.

RAINER MARIA RILKE (1875–1926)
18 R. M. R.: Die Gedichte. Frankfurt a. M.: Insel, [10]1998.

JOACHIM RINGELNATZ (d. i. Hans Bötticher, 1883–1934)

51 J. R.: und auf einmal steht es neben dir. Gesammelte Gedichte. Berlin: Henssel, 1950.

108 J. R.: Das Gesamtwerk in sieben Bänden. Hrsg. von Walter Pape. Bd. 1: Gedichte 1. Berlin, Henssel, 1984.

URSEL SCHEFFLER (geb. 1938)

52 U. Sch.: Adventskalender-Geschichten. 24 Geschichten zum Vorlesen. Freiburg i. Br.: Herder, 2009. – © © Ursel Scheffler, Kinderbücher, www.scheffler-web.de.

FRIEDRICH SCHILLER (1759–1805)

101 F. Sch.: Sämtliche Werke. Bd. 1: Gedichte 1789–1805. Auf Grund der Originaldrucke hrsg. von Gerhard Fricke und Herbert G. Göpfert in Verb. mit Herbert Stubenrauch. München: Hanser, 1962.

THORALF SCHIRMER (geb. 1965)

111 In: Ursula Richter / Wolf-Dieter Stubel (Hrsg.): Das große Buch der Weihnachtsgeschichten am Kamin. Hamburg: Rowohlt, 2020. – © 2020, Rowohlt Verlag GmbH, Hamburg.

KLAUS PETER SCHREINER (1930–2017)

103 Aus: B. Rambeck (Hrsg.): Mein Weihnachten. 40 Ansichten zu einer unheiligen Jahreszeit. München: Deutscher Taschenbuch Verlag, 2000. – Mit Genehmigung von Petra Westphalen-Schreiner, München.

ALBERT SERGEL (1876–1946)

54 A. S.: Dideldumdei. Verse für die Kleinen. Reutlingen: Enßlin & Laiblin, 1927.

FRIEDRICH SPEE (1591–1635)

31 F. S.: Trvtz-Nachtigal. Krit. Ausg. Stuttgart: Reclam, 1985.

THEODOR STORM (1817–1888)

53, 69 Th. S.: Gedichte. Stuttgart: Reclam, 1978 [u. ö.].

75 Sämtliche Werke. Bd. 5. Berlin: Ullstein, 1924.

KURT TUCHOLSKY (1890–1934)

62 K. T.: Gesammelte Werke in zehn Bänden. Bd. 1. Reinbek b. Hamburg: Rowohlt, 1960.

ROBERT WALSER (1878–1956)

109 R. W.: Sämtliche Werke in Einzelausgaben. Bd. 13: Die Gedichte. Hrsg. von Jochen Greven. Zürich / Frankfurt a. M.: Suhrkamp, 1986. –

URS WIDMER (1938–2014)

124 In: Tomi Ungerer: Achtung Weihnachten! Zürich: Diogenes, 2010. –

RUDOLF OTTO WIEMER (1905–1998)

25 R. O. W.: Ernstfall. Kiel: J. F. Steinkopf, 1963. –

CARL ZUCKMAYER (1896–1977)

56 C. Z.: Gesammelte Werke in Einzelbänden. Bd. 1: Abschied und Wiederkehr. Gedichte 1917–1976. Hrsg. von Knut Beck und Maria Guttenbrunner-Zuckmayer. Frankfurt a. M.: S. Fischer, 1997. –

Der Verlag Philipp Reclam jun. dankt für die Nachdruckgenehmigung den Rechteinhabern. In einigen Fällen waren die Inhaber der Rechte nicht festzustellen; hier ist der Verlag bereit, nach Anforderung rechtmäßige Ansprüche abzugelten.